Pacific Coast Highway

成沢 京華

Clover
クローバー出版

Pacific Coast Highway

パシフィック　コースト　ハイウェイ

親友Mと、T。
最愛の人々
に捧ぐ

目次 contents

序章

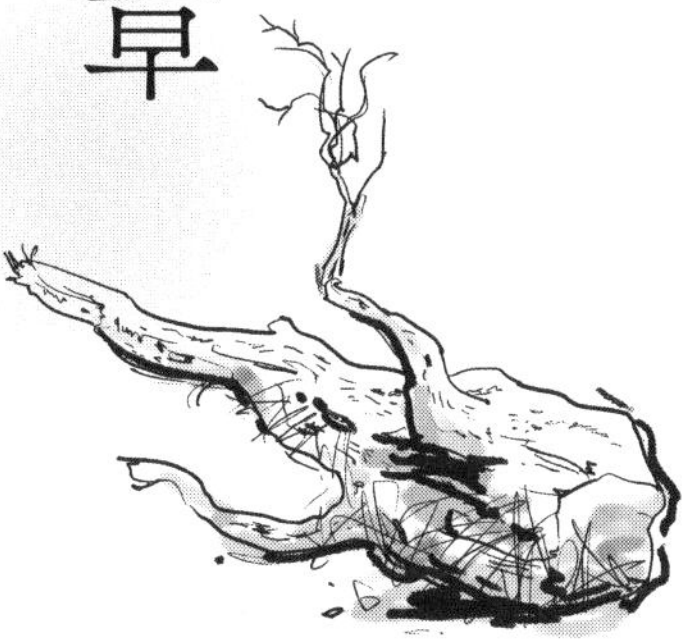

満月に照らされた、夜の海。
失われた天使の街・ロサンゼルス。
あの日、屋敷で聞いた、ヴァイオリンの切なく愛おしい音色が耳朶に満ちる。
貧しい生まれの自分には馴染みのないクラシック。だから、曲名は随分、後で知った。
ヴィヴァルディの「冬」だ。
今も、そうして、これからも――。

今宵のイベント（殺人）を終えた今、私のなかでそれは一層の輝きを放ち、永遠に流れ続ける。

「Where《ウェア》 is《イズ》 the《ザ》 paradice《パラダイス》?」

これは「愛」なんかじゃない。もう一人の自分が囁く。私はあなたを一度たりとも愛したことなどなかったじゃないか——。

それなのに何故。ようやく、天国《パラダイス》への切符を手に入れたのに、どうしてこんなに涙が溢れるのだろう。止まらなかった。

「Where《ウェア》 is《イズ》 the《ザ》 true《トゥルー》 love《ラヴ》……」掠れた声が波音にすべて飲み込まれてゆく。

I

アメリカ・西海岸。
ここは、ＬＡ郊外・モンタレーという名の高級住宅地。

自分は運転する車内で、数日前の記憶に浸っていた。
夜空に打ち上がる無数の花火。
一流バンドが奏でる、艶やかなジャズ・ナンバー。

市内の屋敷とは別宅の庭で行った、豪華絢爛な結婚披露宴の華々しい瞬間が蘇る。

勿論、それらすべては自分個人のものではなく、実父の三度目の結婚式の催しだ。

パーティ終盤に行われる、お決まりのスローダンスには、昔からちっとも馴染めない。

しかし、若く美しい新妻を、まるでガラス細工のように優しく慎ましく――手を添え、微笑む父の姿や、祝福と笑顔を絶やさないゲスト陣も非常に家庭的で、まるで、この世の幸福の象徴そのものだったと、時が経つほど、心満たされる。

次の瞬間、視界いっぱいに、果てしない紺碧が広がった。

イッツ・ソー・ブルー。

アレックス・ウルフは、アクセルを踏み込み、グッチのサングラスを掛けた目を細める。

最新機種のスマートフォンと同期させたステレオからは、ティエストとチャーリー・XCX《エックス・シー・エックス》の、軽快なエレクトロポップ「Hot In It」が、次いで、偉大なるタンゴの破壊王・ピアソラの奏でる甘美な「リベルタンゴ」、そしてヴィヴァルディの「四季」の優雅なピアノがシャッフルされて流れている。


「日暮れまでには必ず帰りなさい、アレックス」

今朝、家を出る際、父に言われた一言が頭を過る。

ティーンじゃあるまいし。

しかし、全米のニュース番組は、連日、合衆国全土で発生している、「パラダイス殺人事件」に夢中なのだから無理もない。

犯行は主に、鋭利な刃物による刺殺。

事件の犯人は相当手際がよく、用意周到であるらしく、一部では殺しのエキスパートや、スパイの所業とまで面白おかしく報じられている。「パラダイスはどこにある?」と、ふざけた文字を現場に残し、捜査官たちを挑発することから「パラダイス殺人事件」――。そう呼ばれていた。

せわしなくiPadをスクロールしながら、父が言葉を継ぐ。

「もうすぐ、ヴァカンスだろう。……そろそろ手配しなくては」

「またイビサ?」アレックス・ウルフは素っ気ない声音で返す。

「はは、残念ながらな。従業員も含めると、映画祭のあるカンヌより、こちらの別荘のほうが色々と都合がいい」

「父さんはワーカホリックを通り越してるよ、マジで」

父は、トム・フォードの黒ぶち眼鏡越しにこちらをじっと見つめる。

「だからこそ、この生活が維持できる」

「そうだね、ほんと、それには感謝しかないよ」

アレックスは分が悪くなり（父の強い眼差しは薬みたいに脳をやられる）、肩を竦めた。

「何か、手伝おうか？」

「いいや、今年は腕のいいアシスタントがいるから、その必要はない。それに、お前はお前の人生を生きてほしいのが本音だよ。——大丈夫だ、アレックス。心配するな。ホリデーには、家族や親戚みんなと賑やかに過ごせる。お前がどんなに嫌がってもツリーは飾るし、パーティの間に必ずマライアのクリスマスソングを誰かしらが歌いだす。だろう？」

「……それもそうだね」

「お前も自分の好きな街で、美しい夏を過ごすといい」

「うん、ありがとう」

「便りを待っている。……愛しているよ、アレックス」
「私もパパを愛してる。じゃあ、行ってくる」

そうして今、アレックスは、モンタレーの一等地に構えられたウルフ邸のひとつをあとにして、ひとりきりのドライブを謳歌している。

パシフィック・コースト・ハイウェイ（通称・PCH）を、アレックス――愛称・AW、または「レクシー」――は、相棒の黒いベントレーで駆け抜ける。

夏から秋に移ろう、まどろみの季節。

片方をサンタ・ルチアの山々に、もう片方を剥き出しの巨大な岩が連なる迫力満点の海岸線は、訪れた者を皆、ハッと感動させ、有無を言わさず地球のダイナミックな脈動に触れさせる。

ここが故郷であることは、レクシーの誇りだ。

景観道路として名高いPCHをゆく晩夏のドライブは抜群に気持ちが良い。

彼女は小さなギャラリーが建ち並ぶカーメルの街から、別邸のあるサン・シミオンまで、ビッグ・サーと呼ばれるこの風光明媚な、海と山に囲まれたまばゆい海岸線を南下してゆく。

レクシー・ウルフは所謂《いわゆる》、名家の出である。

父親は三人兄弟の真ん中で、上の伯父は先々代が築いた映画会社を継ぎ、父親はここ西海岸を拠点として活躍する現役の脚本家兼映画プロデューサーだ。下の叔父は弁護士から下院議員を経て上院議員として成功、レクシーはウルフ家に生まれた時から、いや生まれる前から彼女自体が金のなる木で、周囲とは一線を画す一流品だった。

だがしかし、二十三歳のレクシーは「so what?――だからなに？」と、いつも思うのだ。よくこんな風に尋ねられる。

Z世代のヤング・セレブリティと呼ばれるのはどんな気持ち？

あなたに憧れるファンが世界中にいるのって最高でしょう？


その度、心の最奥で深い溜息をつく。


誰も何も分かっちゃいないのだ。

「whatever.――興味がないし、どうでもいい」

プライベートな質問には肩を竦めて、必ずそう答える。

本当にどうでもいいからだ。

ほんの少し、他人と違うだけで、それが恵まれたように見えるだけで、どうして皆、羨むか、憐れむか。そのどちらしかないのだろう。

レクシーお決まりの「だからなに？」「どうでもいい」――。

自身のセクシャリティーに対しても公言している彼女は、ＬＧＢＴＱコミュニティー・アイコンでもあるレクシー・ウルフ。飢えたマスコミが放っておくはずはない。


あなたの最大のストレス発散方法は？

……あんたたちみたいな下衆《げす》と関わらないこと。

口にはしないが、いつも思っていることだ。ピントの合わない質問や、面白おかしく半生を聞かれると、レクシーは心臓がじりじりと、バーナーで炙ったＴボーン・ステーキのふちみたく、醜く、焦げ付いてゆくのをひとり感じていた。


「……そろそろ、か」

開けた視界の先、世界最大のコンクリートのアーチ橋、白く荘厳なビクスビー橋が見えてきた。レクシーはビスタ・ポイントである駐車場に愛車を停めて、サングラスを掛けたまま携帯電話を片手に海と山とハイウェイと、そしてアールデコ調の繊細な造りの優美な橋が織りなす、見事な大自然の恵みを写真に収めた。そして適当にハッシュタグを付け（#beautiful、#love、#home、#nature等）、ボタンを押してすぐさま自身のアカウントに今、目の前に広がる壮大な景色をＳＮＳにポストした。

この一枚を世界の五万人が見るのだ。

レクシーのキャリアは非常に独特である。

彼女は二歳からヴァイオリンとピアノを始めた。

レクシーはエレキギターに興味があったのだが、両親は「クラシックの寵児」として、我が子を何が何でもサポートする熱意を漲らせていたので、そんなことは議論にもならなかった。
結果として、彼女は世界三大音楽コンクールのうちふたつ、ロシアのチャイコフスキー国際コンクール、ベルギーのエリザベート王妃国際音楽コンクールで、それぞれファイナリストとして名を馳せ、若くして、「実力のあるセレブリティの一員」の仲間入りを果たす（ショパン国際ピアノコンクールは、その熱意ある両親の離婚調停が、皮肉ながら彼女に情熱のすべてを奪わせたので、散々だった）。

しかし、「クラシックの寵児」としてのキャリアは長くは続かなかった。

「パパ！　私はビアンなの。レズビアン。分かる？　恋愛対象として、女性が好きなの！」
そのカムアウトが、某ヨーロッパの由緒あるコンペティション、しかも舞台上での受賞後のスピーチだったので、カッと燃え上がったマスコミ陣を前に、父は「恐らく、人生で一番まともな精神状態で居られた」と、後に告白してくれた。

自分のなかに眠っていた真実の言葉が、伝統を重んじるクラシック音楽界には最大のタブーだったのか、はたまた、レクシーの人生のターニング・ポイントだったのか——。

後者でありたいと願いつつ、不安はパフォーマンスに残酷にも現れた。タブロイド紙は「天才少女の哀しき転落劇！」と、十代のレクシーを写真付きで記事にし、過敏な政治家や過激な人権団体は「聡明な少女の勇気ある告白！」として、同じ国ながら、対極のアイコンとして、彼女を持ち上げることとなった。

レクシーは、バークリー音楽大学にも、ジュリアード音楽院にも進学はしなかった。

どちらとも、レクシーを熱烈に歓迎してくれたが、彼女自身が既に音を奏でることに魅力や純粋な楽しさ、歓びを感じられなくなっていた。

一人だけの空間で、好きな曲を、好きなだけ、聴いているほうが、ずっとずっと、リラックスできる……。十六年間の音楽生活。代償として、あるいは勲章として、外側に折れ曲がった親指と小指に（ヴァイオリニスト特有のものだ）、レクシーはサングラス越しに視線を走らせる。


成長するにつれ、レクシーは薬物、主に睡眠薬と抗不安薬に頼るようになってゆく。リハビリ施設は二度と御免だ、と、収容時、クソほど思い知らされたので、徹底した守秘義務のある高額セラピーを片っ端から受け続けた。

そして、やっと主治医からの許可が内々に下り、業界内でトップクラスのモデル・エージェンシーと専属契約を交わし、現在は、ＬＡを拠点にモデル活動に勤しんでいる。

（一族、誰かしらの口添えがあったことは明白だが、例え事実がどうあれ、上流階級の令嬢であるレクシーには相応の未来であると、彼女も世間も納得していたように思う。ウルフ家に生まれた以上、それらは受けて当然の恩恵、名誉だ。代償なら税金より多く支払っている）

ウルフ家のネームバリューは凄まじく、予期せぬ場でのカミングアウトや、奇妙な空白期間もなんのその、春夏・秋冬のコレクションを抜きにしても、世界中の著名デザイナー直々に声が掛かり、「世紀の『パパ！　私ビアンなの』告白」も手伝ってか、瞬く間にレクシーの崇拝者たちは増え、その小さいながらも確かなムーヴメントが、今へと繋がっている。

ファン以外にも、友人や知人、同業者らは、あらゆるSNSを一日に何度も繰り返し、まるで強迫観念に駆られたようにチェックする。

来年、二十代半ばを迎えるひとりの人間にとって、これほど濃密で混乱し、しかしそれ以上に手厚く恵まれた環境で生きていられることは、地球上でも数えるほどしか存在しない稀有な人種なのだろう……。

腕を組んで、レクシーは潮風のなか、目を閉じ、物思いに耽った。


「すみません」

突然、背後から声を掛けられて、肩が跳ねた。

慌てて振り返ると、バックパッカーと思しき、アジア人の青年がこちらを向いている。

遠くで、パトカーのサイレンが響き渡っていた。

「うるさいね」

「は？」

「サイレン。――パトカーだよ。女のひとが海辺で倒れてたみたい。それで、警察と救急車が来たんだ。……何だろう、太陽の暑さにでもやられたのかな」

「あ、そう」

「ごめん、驚かせて」

「いや……」

レクシーは落としたスマートフォンを拾い上げ、土埃を手で払う。

「こっちも気を抜いていたから」

青年は人懐っこい笑みを浮かべながら、「僕はシュージ」と朗らかに言った。

やや大柄だが、典型的なアジア人の青年だ。

「初めまして、ごきげんよう」

だから、こんな風な発音と口調にレクシーは一瞬、面食らった。

けれど、彼の持つ声の音色、そのものが非常に心地良かった。

普段は過剰ともいえるレクシーの強すぎる警戒心が、どういうわけか、眼前の青年に対してはこれっぽっちも湧かなかった。懐かしい、とさえ、不思議と感じさせる。

東洋人らしいストレートヘアに、瞳が自分とは全然違う漆黒だ。それはレクシーに野生の羊を連想させる。穏やかで無害な家畜。羊。


少しの沈黙のあと、自分の直感に従い、「レクシー」と自分の名を名乗り、律儀に差し出された蒼白い肌の手を軽く握って、口を開いた。

「君、イギリス訛りだね。しかもフランス人が話すブリティッシュ・イングリッシュみたいだ」

「分かるかい?」

青年は苦笑した。レクシーは「ああ」と真顔で頷く。

「当然。私たちとは、アクセントが全然違うから」

「はは、税関でも全く同じことを言われたよ。――これはね、僕に英語を教えてくれた人がフランスやイギリスの芸術に精通していたからなんだ。それでさ」

「ふうん」

レクシーはそれ以上、別段、興味は湧かなかった。

「それよりさ、君はこんなとこで何してんの？　観光？」

「ああ……、えっと、まあ、そんなところ、かな……」

質問よりも、青年は磨き上げられたレクシー所有の黒いベントレーに顔を近づけ、瞳をキラキラと輝かせていた。

「これ、まさか君の？」

「うん、そう」

レクシーは普段は禁煙している。もしくは、水蒸気をスパスパ吸うだけの「あれ」だ。

しかし、今日のこの瞬間、自分を包む自然の解放感にはどうしても身を委ねたい。

煙草をデニムのポケットから取り出し、噛みつくように咥えると銀のジッポで火を点けた。

互いの言語が理解できていると知りながら、敢えて大袈裟な身振りと丁寧な「アメリカ英語」で答えてやる。

「アメリカ人は、豪華な車が、大っ好きなんだよ！」

「うわああ、すごいな」

青年は高級車を見つめ、あたりをぐるぐると歩きながら、純粋に感嘆の声を上げた。

「ワーオ！　同世代でこんな車を乗りこなせるなんて。さすがアメリカだ！」

「同世代？　あんた、いくつ？」

「三十は過ぎた」

「へえ、見えないね」

煙を青空に向かって吐く。事実だった。

「私は二十三」

吸うか、と一本薦めると「今、禁煙中なんだ」と言い、はにかみながら片手を上げる。

……つまらない男だな。「でも、ありがとう」と彼はすぐさま言い添えた。


西海岸有数の景勝地であるにもかかわらず、この瞬間、ビクスビー橋にはレクシーとアジア人青年の二人だけだった。

「あのさ。実は、君に少し頼みたいことがあるんだ」

「何？　まさか、ヒッチハイク？」

「うん、そのまさか。ロサンゼルスの方まで連れて行って貰えると助かるんだけど」

「そりゃあ、無理な相談だね」

レクシーは白煙を幾つも輪っかにして、器用にぷかぷか吐きながら、ビクスビー橋の向こうに開けた太平洋の空にたなびく雲を眺めていた。

「悪いけど、そんな遠くまでは行かない」

「じゃあ、どこまで?」

「さあ。――PCH《パシフィック・コースト・ハイウェイ》沿いなら走るけど」

「ああ、それならいいな。うん、君さえ構わなければ、少しでも乗せてくれると、本当にありがたい。……あの、えっと、」

「レクシー」

「レクシー。ありがとう。君の優しさに、心から感謝をするよ」

シュージと名乗る青年はレクシー・ウルフのことを本当に何も知らないようだった。

今や、先ほど投稿した写真には数えきれない程のコメントや反応が寄せられている。

自分の知名度なんて遠いアジアの国ではそんなものか、と何だか拍子抜けした。

だが、却ってそれがレクシーの興味を引いた。青年の羊のような黒い瞳を見る限り、彼は単なる異邦人で、強盗や犯罪者の類《たぐい》ではなさそうだ。

煙草を携帯灰皿で揉み消し、レクシーはサングラスと同じ、グッチのモノグラムが施された靴で踵を返す。

「乗りなよ」

「本当に？」

「私の気が変わらないうちに。——ほら、早くしろよ」

II

結果としてシュージとの九十マイルの海岸線ドライブは、レクシーにとって忘れ難い経験となる。「日本人か？」と訊ねると、彼は助手席で深く頷き、「生まれは？　トキオ？」と話し掛けると、あはは、そんな都会じゃないよ、と上機嫌に笑って頭を振った。

「ロスまでヒッチハイクの旅なのか？」

シュージは頭を再度、大きく横に振る。

「東と西を行ったり来たりさ」

「行ったり来たり？」

「ああ。出発したのはニューヨーク。つまり、アメリカ大陸横断さ。昨日は、サンフランシスコからモンタレー。そして、今日はカーメル・バイ・ザ・シーまでやって来た。

アメリカ人って、皆、思ったより親切なんだね。銃社会だからか分からないけど、最初はすごく警戒される。だけど、相手の目を真っ直ぐ見て、必死に粘れば、何とか手を尽くしてくれる」

「目的地は？」

このご時世に、アメリカ大陸横断だって？

ひとりのアジア人の青年が、合衆国をノマドのように彷徨っている⁇

一連のやり取りで、レクシーはシュージの存在に一気に興味が湧いた。

というのも、その気になれば、世界を股に掛ける有名モデルの仕事を続けながら、父や伯父、一族から「映画製作」の機会を得ることが、自分は可能な立場だったからだ。

複数の肩書を持つ著名人や活動家は男女問わず、ハリウッドにはごまんといる。

そして、自分には有り余る資産と、地位がある。熱意を注いだ音楽教育の代償として神に捧げた歪曲した異形のこの指と同じく、強制的に与えられた「生」に絶望しながらも生きざるを得ない人間を、映像化するチャンスがどこかに転がっているかもしれない、と最近、真剣に考えていたのだ。

しかし、問題は、いつ、どこで、そのネタが自分の元へ訪れるのか、だった——。

レクシーは、ピアノやヴァイオリンの譜面を手放した今でさえ、日記だけは書き続け、バッグに入れて肌身離さず持っていた。最初はセラピストのアドバイスに従っての退屈な作業だったが、今では習慣化している。

メッセージのある映像作品を世に送り出したい。

ただ、核心的なネタがない。

幼少期から、レクシーは用意されたスコアは誰より上手く弾きこなせた。

照明が当たればカメラに向かって独創的なポージングや眼差しを、そしてランウェイではデザイナーの魂が込められた衣装を唯一無二の魅力で着こなすことが、天賦の才として与えられていた。

だがしかし、イマジネーション。

世界の誰も気付いていないが、レクシーには「想像力」と「共感性」が極端に欠如している。

恵まれた生い立ちで悲劇をロクに知らず、問題に対して主観的になれない彼女にとって、これが作品を創る上で、致命的だった。

例え、企画を立ち上げても、そこに自分の意思はない。

だから、誰の心にも響かない。

他人の想いが分からない。

それゆえ、数年前、どう見ても保守的な集まりである舞台で、クリスタル像を胸に抱きながら、マイク越しに自身のセクシャリティーを、客席の父親にカミングアウトするなどということが、易々《やすやす》とこなせたのかもしれない。

後悔なんて一切していないけれど、まあ、厄介な問題であることには変わりはない。

こういう偶然の出会い、美味なネタの確保に関しては特に、だ——。


「なあ、どこまで行くんだ?」

「……分からない」

「分からない?」

サングラスを頭の上に乗せ、レクシーは目を見開いた。

「何だ、それ。まさか、その年で自分探しでもしているのか?」

「馬鹿にするなよ、ええと」

「だから、レクシー」

「レクシー。……あのさ、気を悪くしないでほしいんだけれど、君って女の子だよね？」

「は？　何だそれ。見た目が男みたいって言いたいのか」

「違う違う！　誤解しないでくれ！　マスキュリン……、ええと、この国じゃ、トムボーイっていうのかな……。すごく凛々しいんだ。その中世的な感じが眩しくて」

「眩しい？　それって太陽のせいじゃねえの？」

レクシーは「悪いけど、ジェンダーについては口外しない主義なんだ」とだけ、シュージに冷たく言い放った。

あれだけ世間を騒がせておいて、今更黙秘とは。しかし、過去は過去である。

セクシュアリティーは絶えず流動的だ。

レクシーは今、現在進行形の自分の性的嗜好やファッションを、表向きは理解している父も、親族連中も、内実、快く思っていないことを周知している。それは馬鹿みたいに高いセラピーで医者や専門家から散々、言われてきた。

心の傷を治すどころか、皮肉にも薬の数だけが増えている。

「ごめん！　ただ、単純に、すごくカッコ良かったから」

そうだ、と言ってシュージと名乗った日本人の青年はリュックから一冊の本を取り出した。それはペーパーバックで「路上」と英語で書かれてある。


「何だそれ」

「僕の愛読書。オン・ザ・ロード！」

「知らないな」

レクシーは車の窓を開け、右手に見える絶景・太平洋の凪いだ青い海を独り占めした。

紺碧の大平原。

潮の匂いを運ぶ海風が、レクシーのプラチナ・ブロンドの髪を優雅に弄ぶ。

隣に座るシュージはペーパーバックの表紙を額に当て、低く呻いていた。

「ああ、そんな、そんな。嘘だろう」

「何？　そんなにショックなことかよ」

「じゃあ、これは？」

「……さあ」

ちらりと視線を動かすと、同じくペーパーバックで「エデンの東」とあった。

「これも？　これも読んだことないの⁇」

ああ、と頷く。

「知らないもんは知らないさ」

「そんな……正にここが聖地なのに……。『路上《オン・ザ・ロード》』、『エデンの東』。ああ、ケルアックやスタインベックを知らないアメリカ人がいるなんて！　嘘だと言ってくれ‼」

「ちょっと、ちょっと」

レクシーは助手席のシュージの肩を一発、拳で叩いた。

「現実を見ろよ。あんたの常識と、私の常識は全くの別物。大体、今は2022年だ。SNS全盛期の現代で、誰が好き好んで、古い文章なんか読むんだよ。私は、活字を見ると眠たくなるね。せいぜいファッション誌が限界。本に興味なんて、これっぽっちもない」

詳しく聞けば（勝手にシュージが話し出したのだが）、その作家たちのことはレクシーも知っていた。

ジャック・ケルアックは父の世代、ビート・ジェネレーション旋風を巻き起こした主要メンバーのひとりだ。ビート族の王とも呼ばれ、歌手ボブ・ディランや、大勢のヒッピーたちの神としてひとつの時代を牽引した。

シュージが熱心に語る。

「アメリカ放浪は、彼の生き方そのものさ。オン・ザ・ロードは世界じゅうの悩める若者のバイブルだよ。――自由がある、自由しかない。でも、本人はビートニクの話題が大嫌いでね。『俺は一匹狼だ』って。ワインを飲んだり、集まったりはするが、自分たちは皆ひとりだったって。そういう内容のインタビュー記事を前に読んだことがあるよ。……彼らしいなあって、僕は心底わくわくしたんだ」

「友達みたいな言いぐさだな」

「文章を読めば、友達より親しくなれる。読書は時空を超えた人間同士の交流だよ」

「……へえ」

心底、どうでもよかった。

音楽でも掛けようか。

「スタインベックは、また違って愉快なんだ。ほら、映画にもなったこの作品……『エデンの東』が有名だけど、『月は沈みぬ』『怒りの葡萄』……。これらは時代を超えて胸に刺さるものがある。自由の尊さを説いていて、僕のお気に入りなんだ。――ねえ、知らないの？　本当に？　信じられないな。どちらも君たち、アメリカ人が、世界に誇る超一流作家なのに」

「――ミシマなら知ってる」

レクシーの突然の発言に、シュージは口を開け、目をしばたたかせる。

「あー、あと、ダザイ⁇　よく知らないけど」

「え、どうして、三島由紀夫と太宰治を知っているの？」

「別に……。父親の書棚に、たまたまあっただけだよ。ミシマは英語が堪能だし、アメリカでも有名だよ。ほら、最後、セップクしたんだろ？」

「うん、そう、そうなんだ。……まさか君が知っているなんて」

「なあ、ダザイってどんな本書くの？　あと、どんな人間？」

「急に、どうしたの」
「いや」レクシーは記憶のなかを旅していた。
「前に、文学好きな女性に言われたんだ。私とオサム・ダザイはどこか似てるって」

レクシーは時間帯を考慮して、ショパンのノクターンを流した。
群れて浜辺に寝転ぶゾウアザラシの声がけたたましい。
かもめが数匹、こちらを追いかけるように飛んでいる。
晩夏——。日は長くても、地平線に太陽は傾きつつある。
闇の足音、夜の気配が近付いて来る。ヴァカンス・シーズンの今夜も、どこかの街で
「パラダイス殺人事件」は発生するのだろうか——？

「日暮れまでには、必ず帰りなさい」

父のいる屋敷ではなく、サン・シミオンの別邸に帰って、一刻も早く寛ぎたかった。

とにかく、一人になりたかった。

ドライブ中、シュージは聞き上手、話し上手で、万事居心地よく事が運んだ。

すべてが仕組まれていたのだ、と、随分あとになり、レクシーはそれに気が付くこととなる。


「女太宰」

「は?」

突然、シュージが淡々と話し始めた。

「太宰治の作風は、彼の生き様、心模様と呼応しているように僕は思う。つまり……時に前衛的、時に退廃的。おばけ、と彼が称する、もうひとりの自分、孤独の影に付き纏われている、常にね。……私生活は……文献によると、女性に凄くモテたらしい。だからかな、そういう、伊達男なイメージが強いよ、個人的には。愛人と心中しているし」

「愛人と……?」

「トミエ」

「何?」

「彼の三人目の女性だよ。……まあ、何にせよ、太宰の作品を読んでみたら、人となりも不器用な生き様、悩み……色々、分かる」

「いや、だから、私は本は読まないんだって」

「そうだけどさ。有名人に似ているなんて気にならない?　僕なら気になるなあ。確かに、君は女性にとてもモテそうだから、うん、レクシーはダザイに似ているんだと思う」

「だから女性版のダザイ?」

「そうそう」

「それ、褒めてんの?　ってかさ、私の話はいいんだ。ハイ終了。……で、そっちはアメリカの文学作品に感銘を受けて、聖地をさすらっているって訳？」

「まあ、それもあるけど」

レクシーは横目でシュージを見やる。含みのある物言いが気になった。彼は膝に置いた二冊の本を交互に見つめながら、ぽつりと静かに呟いた。「僕は……」

「ひとを殺したんだ」

「殺した？」

「……ああ。なあ、レクシー。怖かったら、僕をここで降ろしてくれて構わない」

「怖くなんてない」

レクシーは断言した。

そして僅かに眉根を寄せる。

「……あんたが？　殺した？　一体どうして？」

シュージはレクシーに顔をゆっくり向けると、曖昧な表情を浮かべた。

「ねえ、どうかな。――僕は上手に笑えているかい？」

「それなりに」

「はは、そっか。……レクシー、君はかなりの正直者だね」

今度ははっきりと、シュージの顔には穏やかで哀しげな笑みが広がっていた。

シュージが口を開く。

「この出来事は、すごくプライベートでね。その……、レクシー、君の気持ちを乱してしまうかもしれない。だから、話すのにはかなり勇気がいるんだ。できれば……」

レクシーは黙ってハンドルを握り、急カーブの続く道の先、薄暮の淡いヴェールが降りる海原と切り立った崖を眺めた。「何だよ？」

「秘密にでもしろ、って？」

「ああ、そうしてくれるとありがたいなあ」

レクシーは昔から勘の鋭いタイプだった。

父親や一族の名声はさて置き、いつも誰かが傍にいる環境で育つと、自然とひとを見る目が養われてゆく。もしくは衰退してゆく。レクシーは前者だった。

だから、「勿論」と請け負ったものの、この瞬間、彼の話の顛末が面白ければ、伯父の会社に企画として売り込んでやろうと決意したのだ。

モデルとしての自分。

セレブリティ、ソーシャライツでいる自分——。

それも全然悪くはないが、人生に於いて本当に何がしたいのかを問われれば、何かをこの手で生み出したい。音楽は不運にも情熱が枯渇した。けれども、誰かにとって忘れられない何かを創造したい、多分、そう答えただろう。

それが何かは分からない。

生まれてからずっと分からないままだけれど、レクシーは幼い頃から、父や父の周りにいる業界関係者たちの背中を見て、創造する苦しみと喜び、苦悩と葛藤、孤独、何物にも勝る歓びと、迸《ほとばし》る情熱を肌で感じ、疑似体験していた。

そうして、残酷な現実に気が付いてしまった。

それは到底、自分には成しえないことであるという事実。

とてつもない想像力、そして共感力の必要なことであるという真理。

偉人たちが遺した美しい譜面をなぞらえるだけでは決して得られない、オリジナリティーが不可欠だということを。

時を超え、愛される創造主とは、真の「時代の先駆者《パイオニア》」であるということを。

「ねえ、話をしても大丈夫？」

「そっちが大丈夫なら問題ない」

「分かった。……彼女との出逢いは拘置所だ」

途端、背筋がぞくっとした。


レクシーは「へえ」と空返事をしながら、何気ない素振りで、スマートフォンに歪んだ指先で触れ、動画モードへと設定を変更した。

シュージの語り（やはり流暢なイギリス英語を喋る）に、耳を澄ませる。

「もう十五年も前だ――。僕は当時十四歳で、すごく、すごく怒っていたんだ。自分の人生が、家庭が、蝕まれ、やがて木っ端みじんに壊された気がしてね。そんなの、とっくに壊れていたのに……。あの時は、悔しさや、悲しみや、得体の知れない恐怖がないまぜになって、怒りに問題をすり替えてしまった」

「どうして怒っていたんだ？」

「簡単だよ。母親を嬲り者にされたんだ」

シュージの話し口調は綺麗に舗装されたピカピカの道路のようである。穏やかで安全。

今、自分たちが走っている夕暮れ時の西海岸、曲がりくねった、ワインディング・ロードとは対照的である。

レクシーは平然を装い、更に訊ねた。

「嬲り者？　つまり、あんたの母親がレイプされたってこと？」

「いいや。正確にはレイプされに行っていたんだ」

レクシーは眉を寄せ、首を傾げた。シュージは乾いた声で笑い、

「ほら、よくある主婦売春だよ」と言う。

「よくはないだろ」

「いや、あったんだ。海外じゃ『シュガー・ダディ』みたいなビジネスがあるだろう？」

確かに。援助交際を美化した言い方のことだ。

若い女性を中心に、金銭的な援助をするパトロンを欧米では「シュガー・ダディ」と呼ぶ。

支援を求める者と支援をする側を繋ぐ、マッチング・アプリまで開発されている。

この闇深いビジネスは、今や世界を席巻しており、斡旋会社は上場企業まで出る始末だ。

単なる話し相手。デートの際の疑似彼女。セックス込みの関係……。

多種多様な形でそれらは展開し、援助される側の女性――ベイビーズたち――は、生活苦や奨学金の問題を抱えている例が多いと、時事問題に特別関心のないレクシーでさえ知っていた。SNSでの、ハッシュタグ「#お金をください」はコロナで変わった世界で、確実に増えている。

「じゃあ、あんたの母親は、さしずめ『シュガー・マミー』ってとこか?」

「うーん、ベイビーズの側だから『マミー・ベイビー』かな」

シュージはレクシーの発想に苦笑する。

「少なくとも我が家はね。うちの母親……『マミー・ベイビー』は、僕の学費が払えないって言いながら、日夜、ホイホイ自分から男に犯されに行ってたんだ」

先述の通り、そういう類のセクシャルな側面を持つ、ビジネス・ネットワークが世界各地に存在していることは情報のひとつとしてレクシー自身も知っている。けれど、それが、治安が非常にいいらしい日本のイメージからは随分かけ離れていて——。

レクシーは単刀直入に「あんたが貧乏には見えないけど」とシュージに言った。

「全然、これっぽっちも見えないぜ」

「そうだね。まさかヒッチハイクでベントレーに乗れるなんて！」

シュージは両手の拳を突き上げ、雄叫びを上げた。

「人生初だよ、こんな高級車！　それに、流れる車内音楽は洒落たクラシックときてる！　ああ、マジでクール過ぎるよ!!」

「はあ？　ますます分っかんないなあ……」

レクシーは呆れた。

「そうやって、呑気にこの国をふらふらできる……。そう、あんたは、マジでクールなご身分なんだ。しかも、完璧なイギリスの発音で英語を話してる。……あのさ、私だって馬鹿じゃないんだ。金がない筈ないだろ。知り合いのアジア系や、日系人は全員、裕福だ」

シュージは拳を下ろし、酷く冷静に話し始めた。

「日本もアメリカと同じさ」

「何が？」

「皆、見えないところで飢えている。目の前に広がる空と同じ――。暗闇に明かりは吸い込まれて、誰も助けは来ないから。だから、闇のなかでも息が止まらないように、呼吸がきちんとできるように、金の為なら何でもやる。……金があれば人生ってやつは、大体のことは上手く行く――。幸せも、愛情も。躊躇いはあれど、自分のからだが売れると知れば最悪売るし、人殺しだって、場合によっちゃ引き受けかねない。自分が生きるには、他人の命をもぎ取ってでも。……誰も声を大にして言わないけれど、そんなパラドックスは世界共通の概念で真理だと僕は思う」


この世には明けない夜がある。

永遠に朝が訪れない世界があるんだ、とシュージは淡々と続けた。

「そんな状況でも、『良心』さえ棄てずに生きられたらよかったんだけど。うちは、何もかもがギリギリで。笑っちゃうくらい貧乏で。母親は売れると知るや、すぐに二万円でからだを売った」

「二万イエン？」

「うーん、大体相場はアメリカだと、二百ドルぐらいかな」

「安ッ！　え、本番込みで？」

「本番も、後始末も、込み込みで」

「マジかよ！　かなりタフな状況だな、それ」

「まあね。ただ、一番ひどいのはこの母親なんだ」

シュージの声が、ゾッとするほど低くなったのはこの時だ。

「一度、金になるって分かったら、見境なくからだを売り出した。自分だけじゃない。隣人を巻き込んでね。ふたりで話し合った『たったひとつのルール』さえ、あのひとは破ったんだ。僕の母親は、そういう最低限のモラルすらない人間なんだ。……隣人は、苦しい生活の為に、月に一度、もしくは二度だけって決めていたらしい。子供がいたし、何より、警察にばれないように、誰にも分からないように、知恵を絞りながら。日本の片隅で、ひっそりと行っていた『生きる為の代償行為』なのに、僕の母親はね、僕の学費が工面できることに味を占めて、今度は自分の遊ぶ金欲しさに誰彼構わず、自分のからだを売った。ついには売春で稼いだ金で、贅沢していることを周りに得意げに吹聴し始めた。ねえ、そこのあなたも一緒にどう、いい小遣い稼ぎになるわよ、って具合にね。まるでインフルエンサー気取りさ。……馬鹿馬鹿し過ぎて、反吐《へど》が出るよ。──『他人に口外しない』。隣人との、そのたったひとつの約束さえ、守れない人間の末路は悲惨過ぎて笑えたよ。間もなく。警察が自宅にやって来て、我が家は一瞬で崩壊したんだ」

「……それで?」

レクシーは内心、にやりとほくそ笑んでいた。

主観性を持って、シュージは語ってくれている。これはいける。

ドキュメンタリーがいいだろう。

ああ、スマートフォンの動画だけじゃ足りない。

紙とペン。今こそ、日記が必要だった。

「シュージ、それでどうなったんだ？　あんたのストーリーはいつ始まる？」

「父親が怒鳴り散らして僕を殴って出て行って。仕方なく、腫れた顔のまま、母親を迎えに拘置所まで行った。その時さ」

「おい、焦らすなよ」

レクシーは車を路肩に停めると、グッチのサングラスをダッシュボードに仕舞い、今度は薄い紙に巻いたマリファナを取り出す。淡々と、火を点けて吸った。

「レクシー、それってまさか……」

「……」

こいつ、マリファナも知らないのか？

レクシーは呆れながら、構わず、葉っぱを吸う。シュージはこちらの突然の行動に驚いていたようだが、そんなこと、どうでもよかった。

ネタを提供してくれればそれでいい。

「あんたも吸うか？」

「い、いいや、遠慮しておく」

「吸えよ」

「今はいい」

「じゃあ、いつなら構わないんだよ」

「僕は吸わない。とにかく、マリファナはノーサンキューだ」

「っは、ノーサンキューねえ……ノーサンキュー！……ははは」

レクシーは歌うように話す。

血液が体中を駆け巡り、一気に脳みそが冴え始めた。薬で眠った翌日、爽やかな木漏れ日の朝、鳥のさえずりと共に目覚めたような、そんな極上の気分だった。

動画モードにしたままのスマートフォンを引っ摑むと、ロゴ付きの車のキーをひっこ抜き、ドアを乱暴に開けた。

海の匂いが濃い。

外に出て浜辺へ続く、簡易階段を降りる。

ウルフ家の別邸のひとつがある、サン・シミオンはもうすぐそこだ。

近くには、出版王・ハーストの豪華絢爛な城が小高い丘の上にそびえ立っている。

不意に歩みを止め、誰もいない眼下の薄暗いビーチを、レクシーは無言で眺めた。

シュージも車から降りて、背後から大きな声を上げる。

「レクシー！　悪いけど、暗くなる前に宿を見つけないと……」

「まだ沈まない」

「でも……」

声で分かった。

シュージは何かに怯えているようだった。


「とにかく、野宿でも構わないから、夜になる前に休む場所を見つけたいんだ」

「あんたも、あの事件を怖がっているのか？」

「あの事件？」

「流行りの『パラダイス殺人事件』だよ」

「ああ、……ああ、そうさ。怖いんだよ、異国で、無差別に殺されちゃ堪らない！」

「楽園って書いてあるらしい」

レクシーは、白い波飛沫をその瞳に映し、唇を開く。「犯行現場には『パラダイスはどこにある？』ってさ」

「レクシー……」

「正直、私はここが地獄でも、楽園でも、どうでもいいんだ。ただ、生きるしかない……それなら、この世界は何だって構わない。マジでどうでもいい」

私は、美しい地獄に生きている。

それを醜い天国だと周りは信じ込ませている。

レクシーは、自身の歪んだ指たちに視線を落とす。これと引き換えた人生。

自分はずっと昔——難解とされるピアノとヴァイオリンの楽譜、ヴィヴァルディの四季の最終章、「冬」まで弾き終えた時に、部屋でひとり感じたことがある。

天国ではなく、地獄でもなく、ここはどこでもないのだと——。

シュージが後ろにいた。「大丈夫かい」と声を掛けてくる。

「……悪い。誰も、異国で、殺人鬼の餌食になんてなりたくないよな、分かるよ」

だけどさ、とレクシーは続けた。

「続きが知りたい。シュージ。あんたは一体、誰を殺したんだ？」

応答がないので振り返ると、シュージは闇に怯える子供みたいに階段を足早に昇っているではないか。

おいおい、待て待て、と焦って視線を持ち上げ、彼を追い掛けた。彼はレクシーのベントレーには乗らず、その場から立ち去ろうとしていた。

レクシーは急いで階段を駆け上がり、シュージに追いつき、ビーチと彼を交互に見ながら（浜辺には誰もいない。リードを外された大きなラブラドール・レトリバーが一匹だけ、波打ち際を勢いよく走っている）、彼の華奢な肩を掴んだ。

「おい、待てって！」

「離してくれ！」

「駄目だ、ちゃんと話せ！　あんたは誰を殺したんだよ！」

レクシーはマリファナの興奮からか、好奇心からか、今日一番の大声を張り上げた。

シュージは無言を貫き、「どいてくれ」と抵抗しつつ、しばらく足早に歩いた後、不意にしゃがみ込んで、アスファルトに膝をついた。

ふたりの間を何台かの車が行き交う。

レクシーはシュージのそばに駆け寄った。


「……きっと、君は軽蔑する」

「だとしても話せよ」

レクシーは内心、苛立っていた。

どうして自分が、こんな見ず知らずの男に振り回されなきゃならない。理不尽だ。

車に乗せたこちらに責任があっても、ここまで話を聞かされたんだ。

メインディッシュをおあずけにされる意味が分からない。

レクシーは、この憐れなヒッチハイカーに歩み寄り、腰を落とし、今度は穏やかに肩からうなじへと手を添えた。

「どうせ他人同士なんだ。すぐ忘れてやるさ。だから、教えろよ」

「離してくれ」

「言えよ」

「いやだ……」

シュージは罪人みたいだ。

海から強い潮風が吹く。

彼は顔を歪め、心を擦り切らせ、果ては巡礼みたいな真似を、文豪たちになぞらえて異国で行っている。「いやなんだ」と拒絶の言葉が再度、彼の口から零れる。この日本人青年は今、正に罰の真っただ中にいる。

「……すぐに忘れるさ」と、レクシーは誠実そうに請け合う。

動画はきちんと撮影モードのままだ。さあ、何でも話してくれ。利用させてもらうまでだ。

「私たちは知らない者同士。こんな話、明日には聞いたことすら覚えちゃいない」

そう告げると、シュージはようやく呼吸を整え、顔を上げ、言葉を継いだ。

「隣人はシングルマザーで……」

「それで？」

「彼女には子供がいた」

「それで？」

「子供は女の子で、まだ赤ん坊で」

「オーケー。それで？」

「僕は、初めて『恋』をした。子供にじゃなく、隣人に。……とても綺麗なひとだった。

内面も外見も、申し分ない……。聖母マリア様みたいな、真心のある、とても神聖で……、同時に孤独な女性だった。あれが、『愛』だったなんて、きっと誰にも分からない。——だけど、最初で最後。慰み合いのような行為のあと、あのひとは、世界から去った。……レクシー……僕は卑怯者だ。直接、手をくだしていないだけで、殺したも同然なんだ!! ……寂しかった。誰かから必要とされたかった、愛して貰いたかった……生きてていいんだと言って貰いたかった、それだけなんだ。……だけど、そんなの理由にならない……。僕は大切なひとの人生を根こそぎ奪い、彼女の子の未来さえも……奪った……」

ビンゴ——。

レクシーはあまりの興奮にぞくぞく震え、片手で作った拳を噛んだ。

これはドキュメンタリーでなくてもいい。

そうだ。いっそ、映画にしよう。

彼女は、不埒な欲望を浮かべた目を爛々と輝かせた。


凄まじいスピードで、レクシーのなかに哀しく儚げなシナリオが完成してゆく。


プロダクションに、実話だと打ち明ければ、徹底的にリサーチされてしまうだろう。

それでも全く構わないが、構成は「事実に基づく」「真実の物語」とスクリーンで最初に表明すれば、色眼鏡で自分を見てくる連中も、この物語のドラマ性に唸るだろう。

映画産業、特にアカデミー会員は「事実に基づく物語」が大好物だ。

レクシーのなかで欠落している想像力や共感性など、最早、必要ではなかった。

シュージがすべてを一人称で赤裸々に語ってくれているのだから。

これをそのまま台本に起こし、プロの役者に演じて貰えばいい——。

できるなら、もっと詳しく聞かせて欲しい。しかし、肝心の語り手は、これ以上は許してくれ、と言わんばかりに、顔を両手で覆い隠し、道路に蹲《うずくま》っている。

レクシーはシュージの予言通り、目の前の男を軽蔑した。

退屈な奴。

臆病な奴。

さっさと全部話せ。無力で弱り切った、蒼白い肌の女々しい人間め。

国も、育ちも、境遇も。自分とはまるで違う。

それなのに――。

どうしてだろう。

レクシーはドラッグで無理やり興奮しながらも、内心、酷く困惑していた。

レクシーは、目の前で顔を両手で覆い、啜り泣いているシュージの憐れで惨めな姿に、何故か自分自身を投影した。


どうして？

私は、退屈でも、臆病でもない――。

なのに、どうして⁇

海岸沿いに夜の帳《とばり》が降りる頃、黒の高級車の脇で寄り添うしかない若者ふたりは、ある部分で宿命的に共鳴し合っていた。


ビクスビー橋での偶然の出会いも、定められた運命やもしれぬ予感。

他人がいくら否定しようが、哀しい哉《かな》、レクシー・ウルフの心に巻き起こる記憶の嵐が動くのが何よりの証拠。シュージとレクシー。ふたりは非なる者――だからこそ、誰よりも似ている。

「どうして……」

レクシーの問いは海風に攫われる。

二人の出会いは、紛れもない「宿命の事態」なのだった。

III

数年前。スタジオでの撮影後、芸術家の街・カーメルまで急いで車を走らせたのには特別な理由があった。レクシーは贔屓にしているギャラリーの絵描きに、秘密で注文していた絵の進捗を、その目で直《じか》に確認したかったのだ。

――寒い国にドラッグは必要ないの。

キッチンで手際よくフルーツを切りながら、彼女はよくそう言っていた。

煙草は私の前でも吸うくせに……。

彼女の金色に輝く携帯灰皿を見つめ、レクシーはいつも思っていた。

——少なくとも、私はドラッグは無し。皆、イマジネーションがあるから。それで、どこまでもハイになれるのよ。

移民である彼女は、この国のいいところをたくさん知っていた。

——アメリカはいいわね。広くて、鮮やかで、色んな世界が、人々が、こうして共存している。同じ言語で、何時間でも語り合える。自ら「国」を作ってゆける。それは、決して簡単なことじゃないわ。

自分より、この国の成り立ちに詳しく、未来を案じ、日々の瑣末《さまつ》な事象より、今、この瞬間の輝きを捕まえて、世界の美点をきちんと見つめていたのだと強く感じる。

レクシー・ウルフの想い人は、ごく普通の、どこにでもいる女性だった。

彼女は、父の会社の従業員、アシスタントのひとりだった。

休憩時間に何気なく「ケータリングは?」と声を掛けると、五分後、両方の手に紙皿を載せて、ポテトやハンバーガー等、高カロリー食品ばかり、どっさり持ってきた時は、さすがに開いた口が塞がらなかった。

私が某ブランドの広告モデルも務めている存在だというのに、この女ときたら……。

最初は嫌がらせか、と本気で勘ぐったほどだった。

しかし、言葉を重ねれば重ねるほど、彼女の繊細な人となりが見えてきた。

可憐で純粋で、更には聡明——そして、何故だか会う度、美しくなる。

当時、レクシーは胸のうちで、稀少なダイアモンドに出逢ったかのように、彼女の声を、言葉を、温もりを感じ、その安らかな想いを大切に噛みしめていた。

離婚調停後、実母が家を去り、レクシーが半分しくじった（と本人は感じている）、コンペティションでのカミングアウトの直後でもあった時代、音楽そのものへの情熱が完全に失われてゆくのを引き留めてくれたのも、彼女の存在があったからこそだった。

無論、本人に自覚はこれっぽっちもないだろう。

しかし、彼女を前にするとピアノは千年の眠りから目覚めたような、しなやかで魅惑的な旋律を充全と謳い出し、ヴァイオリンに至っては情熱と官能でとろけ堕ちてしまいそうな、そんな人智を超えるほどに艶《あで》やかな音色で空間を幾度も満たした。

音が鳴る。すると、途端に、レクシーのからだを深く、強烈に、時に壊れそうなほど激しく狂おしい気持ちにさせる。

彼女は悪魔かもしれない、と真面目に思い込んだこともあった。誰とも愛など交わしたことのないレクシー。

そんな自分自身の血潮さえも、彼女が存在する——その事実だけで、ひとつの楽曲は伝説に、ひとつの楽器はストラディバリウス並みに一瞬で世界を色で満たし、昇華させてしまう。レクシーにとって、これは魔法だ、夢だ、としか形容できなかった。

——最高!!

素晴らしいわ、レクシー・ウルフ!!

その声、そして、拍手と笑顔。

世界中の伝統ある劇場。一流のレッスン。自宅に居並ぶ受賞トロフィー。

特権階級に生まれ、幼少時より高価な楽器に触れ、洋の東西問わず、あらゆる芸術を嗜《たしな》み、万雷《ばんらい》の喝采《かっさい》を受けて育った自分には、本当は、何もなかった。

ただ、知らなかったのだ。

自分が、この世の誰より孤独な生き物である、それに気付かず有頂天だったのだと気が付いた時、押し寄せてきた圧倒的な絶望感。恐怖。泣きながら歯を食いしばり、安らかに眠るため、それは即《すなわ》ち、生きるため。

ドラッグや薬を常用するのには理由がある。


レクシーは屋敷で、ずっとひとりだった。

両親の教育方針で、学校へは行かず、ホーム・スクールだった。

偶然、SNSで知り合った人間たちは、友達ではなく「けだもの」だった。

大人たちに囲まれ、大人たちの顔色を知らず窺う、賢い「いい子」に、レクシーはなっていた。

やがて、国内のホールを埋めるようになると、地元紙がレクシーをコラムで紹介し、ニューヨークのカーネギーホールに招かれた。

大統領の記念式典か何かだった、と記憶している。

それを機に、ヨーロッパ各地にある由緒ある舞台の真ん中に立つことが、レクシーの日常となった。

観客の入りは？

あの演出家は来ているの？

オーディエンスを喜ばせねば――と、常に心を削り、懸命にひた走って来た。

上手くいけば、両親からの愛と賛辞が貰える。

レクシーが進む道は、出口のないトンネルだというのに、十代の彼女はただひたすらに拍手を求め、栄光を求め、そして何より愛情を欲し、自分を信じて、走り続けるしかなかった。

だから、今、眼前に佇む美しいひと——貴女の笑顔を、こんなにも心の底から求めていたのだと生まれて初めて自覚した日、きっと誰もが持つ優しい記憶、温かい抱擁、無償の口づけ……。そんな「当たり前の幸福」の輪郭に触れられた気がして、レクシーはベッドで涙が溢れて止まらなかった。

世界に類を見ない華やかなこの街で、「普通であること」「平凡であること」——。
それはひたすら特別で、穢《けが》れなき光の証明そのものだ。

彼女は生粋のアメリカ人ではない。

だからなのか、どこか物憂げで、儚げで。だが、自分の信念に対しては常に誇り高く、誰であろうと曲げない意思の強さも兼ね備えていた。

ごく普通の女性なのに、内に秘めたるは眩《まばゆ》いほどの宝石。


マデレーネ。


今でも、その名を心の奥で呟くと、赤い炎が立ちのぼる。

出逢った瞬間、会話を重ねた時間、二人きり、ヴィヴァルディを奏でた即席のリサイタル――。

十七歳。たちまち、レクシーは夢中になった。

だから瞬きするより早く連絡先を交換し、半ば強引にデートに誘った。

海辺の少しだけ洒落たビストロ（父親のカードで交際費を支払うのは、自尊心が確実に傷つくからパスした）、ロデオ・ドライブでの買い物、早朝五時からオープンしているスポーツジム、ファーストフード店、老舗カフェ、スターバックス、親戚の持つワイナリー、ナイトクラブ、誰も知らないカウンターだけのバー、そして、ロサンゼルス中心街のはずれ、自邸のバー。


彼女はどこにでもついて来た。時に親友のような、時に姉のような親しさで。

生まれて初めて、自分は朝から晩まで、心から、そのひとだけを求めていた。

レクシーは初めて「恋」という名の感情を痛いくらい知った。


「東部へ行くわ」

唇に触れようと決意した次の瞬間、その言葉に心臓が止まる。

「いつ？」レクシーは尋ねた。

「週末」

マデレーネは視線を落とし、

「仕事よ。あなたのお父様に同行するの」

「どこの街？　ニューヨーク？」

「ええ、多分。あそこは自社スタジオがあるから」

「そうだね」

急に悪い予感に苛《さいな》まれ、慌てて彼女に向き合った。

「……ここに、帰ってくる？」

「勿論よ」

彼女はワイングラスの淵を指先でなぞり、アイコンとなりつつある煙草を片手に持つと、神々しく微笑んだ。当たり前じゃない、と朗らかに言う。

「レクシー。帰ってくるわ、ええ、勿論よ」

そして、予感が的中した。

父と彼女が婚約した、と知らされたのは、ふたりが東部へ旅立った翌週だった。式は身内だけで――そう告げられながら、庭での贅沢三昧な華やかな結婚式の記憶が甦る。

陶器のような白い肌に、肩までカットされたブロンドの髪。

マデレーネは頬を薔薇色に染めて、本当に幸せそうだった。歳の割には若い風体の父も「美しく知的な私の女神」と彼女にベタ惚れだった。

自分の初めての「恋」がシャンパンの泡のように消えてゆく。

想い人が、戸籍上の「母」となってしまった。

時間は二度と取り戻せない。

運命は想像以上に、残酷で壮絶なものなのだと、思い知った夜。狂ったように次々打ち上げられる彩色豊かな花火と人々の嬌声、ゲスト達に張り付いた笑顔、止むことのない拍手のなか、レクシー・ウルフは会場からそっとひとり、姿を消した。

夜の波音を聴きながら心に決める。

こんな想いをするくらいなら――こんなに惨めになるくらいなら。

もう誰も愛したくない。愛さないし、愛せない。

大して飲めもしないバーボンのグラスを片手に、そう強く自分を戒《いまし》めた。

慰めの代償にと――西海岸いちの景勝地、ビッグ・サーを愛車のベントレーで駆け抜け、カーメルで絵描きに依頼していたものは、まだ父と婚約する以前の彼女の肖像画だった。

海辺で振り向き様に笑う、カメラ越しのありのままの彼女。

その写真は捨てられずに、別宅のセキュリティー・ボックスのなかに仕舞ってある。
凍てつく孤独しか感じられなかった十七歳の私だけが見た、天国からの使者。
マデレーネ。
自分にとって、彼女は失えない女神だった。

IV

シュージは目の前の状況が上手く理解できなかった。

レクシーと名乗った裕福な身なりの青年のような凛々しい女性が、太平洋へと沈む夕日を背に涙を流している。驚いて何度も彼女の名を呼ぶ（「レクシー！　おい、どうしたんだよ!?」）。こちらの肩に手を置いたまま、反応がない。

「レクシー！　レクシー!!　……くそっ、誰か来てくれ!!」

「ああっ!!」

レクシーは弾かれたように立ち上がり、髪をぐしゃぐしゃに掻き上げると、黒いベントレーのほうへと駆け出した。

「待ってくれ、おい！」

シュージは全速力で走り、ドアに手を掛けた。「レクシー!!」

叫び声を聞いたレクシーは目の焦点をこちらに合わせ、眉をひそめながらスピードを落とすと、濡れた顔を片手で拭った。本人も動揺し、驚いているようだった。シュージは転倒しそうになりながらも食らいつく勢いで助手席のドアをこじ開け、どうにか車内に滑り込んだ。

「……どうしたんだよ、急に」

こんな高級車に乗るのは初めてだが、今の彼女に運転は任せられないと思った。

「シュージ……」

「何だい？」

レクシーは呼吸を荒げ、何かを否定するジェスチャーで首を振った。

レクシーの髪は細く、光を吸い込み輝きを放つ。濃密なオードパルファンの薫り。ユニコーンのたてがみみたいだとシュージは思った。

「あんた、自分が他の人間と違うって感じたことはあるか?」

「ああ、しょっちゅうさ」

苦笑交じりに答える。「生まれてからずっと違和感ばかり感じて、僕は永遠に、ひとりぼっちさ」

「……なあ、ひとを殺すのはどんな気持ちなんだ?」

「そうだな。最悪。その一言だね」

シュージは目を伏せた。

「本当、あり得ない。最悪だ。現実は映画みたいにはいかなかった」

シュージはレクシーがブレーキを踏むのを見て安堵した。やれやれ。

「……ずっと好きだったんだ」

シュージは目の前、群青と赤、そして紫の層になる空を眺め、潮騒に耳を澄ませながら、ゆっくりと呟いた。アザラシが鳴いている。白い大型犬が一匹、波打ち際を走っていた。

「ルールを破った。だけど実の母親だから……複雑だったけど、それよりも自分が親世代の女性に『恋』をするなんて思わなかった。だから心底戸惑ったし、自分を責めたし、色々……何ていうか、とにかく誰にも打ち明けられずに、すごく苦しんだ。うちは相変わらず、笑っちゃうくらい貧乏で。……何でだろう？　あの頃は歯向かうことでしか表現できなくて、暴力でしかストレスを発散できずにいて。今の僕からは想像し難いかもしれないけど、警察の世話になったことも数えりゃキリがない」

レクシーは何も話さない。

彼女も同じ方角、沈む太陽を見ているようだった。

「母との再会は強烈だった。事件後、絶対、会わないって決めてたんだ。だけど、アパートの中を調べれば幾らでもコンタクトは取れた。隠蔽なんてできない。母は無知で杜《ず》撰《さん》なひとだったから」

「亡くなったのか？」

「先月ね。性根はともかく、元から、からだは強くなかったんだ」

暫《しばら》く沈黙が続き、シュージは再び話し始めた。

「ふたりの主婦の売春は一週間もメディアを騒がせていない、ちっぽけな事件だったのに、最早、立派な犯罪者だ。僕は被害者にされたけど、嫌になるほど加害者の気分だった。今もだよ。親が犯罪者——そんな奴、どこも雇ってくれないだろう？　だから僕も、あらゆる嫌がらせをひたすら黙って耐えていた」

シュージは他人事みたいに話す。

彼は咳払いをして、目を閉じた。

「生活の為に不条理に耐える。金の為に自分を殺す。……なんか、それってさ、親と同じだなって。母親の姿が、自分自身に見事に被って。父親が蒸発した僕は身寄りなんていなくて、暫く児童保護施設に入れられた。案外、僕の母親は刑務所からすぐ出て来て、相変わらずだらしないひとだったけど、最低限の愛情はあったみたいで、今度はむこうが迎えに来てくれた。でも、もう一人のほうは刑務所からは出て来なかった」

「どうして?」

「ほら。さっき、話しただろう?」

シュージは、深い溜息をつく。

「あのひとは待ってくれなかった。何も言わずに、逝ってしまったんだよ」

隣のレクシーに視線をやると、タトゥーをいれた白いうなじが見えた。

「逝ってしまった?」

「ああ、薬物の過剰摂取。僕の知らない間、睡眠もロクに取れないからだになってたんだ。……一人娘を道連れに、シャワー室で首を吊ったらしい」

「……待てよ、何だそれ」

レクシーは切れ長の青い瞳でこちらを睨んできた。「この嘘つき!!」

「つまり、あんたは誰も殺してないんじゃないか！　勝手にその女がドラッグで死んだだけだろうが!!」

シュージは違う、とはっきり言った。それは違う、と。

「ンだそれ。……クソ、つまんねえ」

レクシーは容赦なく冷たい口振りで言い放つ。

すぐさま車のキーを抜き、乱暴にドアを開けて、再びさっさとベントレーを降りる。

慣れたふうに鉄柵を飛び越えると、ざらざらとした砂の浜辺まで降りてゆく。

「レクシー！」

「うっせぇ!! 付いてくんな!!」

「勝手に死んだなんてこと、あり得ない！ あれは、僕が殺したようなもんなんだ！」

「だから、自分は人殺しだって？」

振り返り、腕を広げ、殊更、挑発する口調で彼女は言う。

「っは、あんた、見かけに寄らず相当ナルシストなんだな」

異常だよ――。

レクシーは自嘲気味にニヤリと笑い、後ろ向きで海に向かって歩き出した。

「おい！」

「あんたが大事なのは、隣人なんだろ？ なんで、その女のために、わざわざこの国まで来て彷徨《さまよ》っているのか。私には意味が分からないね」

一つ目の波がレクシーのブランド物らしきスニーカーを、二つ目の大きい波飛沫が彼女の衣服ごとからだを濡らした。

「どうした臆病者！」レクシーは空に向かって叫んでいた。

「全然、ちっとも分からない。欲しいなら、さっさと奪えば良かったのに!!」

レクシーはずぶ濡れになりながら、大声で笑って吠える。

「金を差し出しゃ股を開くくらいなんだ。相手が隣の母親だろうが何だろうが、好きなら押し倒して、無理やりにでも一発ヤりゃ良かったんだよ!!」

「違う!!」

互いの声が重なり、波飛沫に溶ける。

「そんなのは『愛』じゃない!!」

「『愛』？　おいおい、本気かよ。……っは、マジで超笑える」

「笑えよ」

「……く、あははは」

「告白できない想いなら、そばで見守らなきゃ駄目だろ!! 人を愛する自由は何ものにも決して侵すことのできない、最後の良心なんだ!!」

シュージの強い口調に、レクシーの皮肉めいた笑みがサッと引いた。

レクシーは揶揄する気持ちは微塵もなかった。

ただ、単純に驚いていた。この青年が軸として備える純粋すぎる思いの激しさ、同時に危うさに。

シュージは膝に手を付き、またもや深呼吸をして言葉を継ぐ。

「……怒鳴ってすまない。だけど、言えなかった。僕は怖くて、誰にも、何にも言えなかったんだ」

シュージの黒い瞳は潤み、声は震えていた。

「間に合わなかった。僕は自分が傷つくことにうんざりして逃げて、隠れて、好きになった女性も、彼女の大切な家族も見放して、暗闇のなかに置き去りにした。僕はそれを立派な殺人だと思う。気持ちを突き放して、世界にひとりぼっちにさせて。それは誰かをこの手で葬り去ったことと同じくらい罪深い」

くるりと背を向け、シュージは奥歯を噛みしめる。

大麻でハイになっているアメリカ人の若者を波のまにまに置いてゆく。


「悪かった」

レクシーは濡れながら項垂れて言った。「そうだよな」

「想いを告げられないなら、せめてそばで見守らなきゃ……。それができないなら、離れるしかない。気持ちごと距離を置かないと。どんなに辛く、哀しくても」

凛々しく美しいレクシーが、余りに頼りなげな表情でこちらを見つめてきたので、シュージは盛大に戸惑った。

嗚呼、レクシー。

裕福で、本を読まない世代の若者。

きっと自分には話せない、何か理由や想いがあるのだろう。闇に包まれた海辺、波打ち際と高級車。アメリカ人と異邦人。

レクシーとシュージは、しばらく無言で互いを見つめた。

「これ」

シュージは自分の持つペーパーバックを一冊、掲げた。

「レクシー、いや、女太宰。君にはきっと、スタインベックが合うと思う」

砂浜に冊子を置き、彼は背を向けてカーメルの方角から走ってきた四駆をやや強引に

捕まえた。そして、

「君は悪くない。僕が保証する」と言い、ヒッチハイカーらしくその場から立ち去った。

一部始終を呆然と見上げるレクシーの背後で、黄金の太陽が舞台のスポットライトのように爆ぜ、緑の閃光となり、あたり一面を照らした。

輝きの余韻は残さず、地平線の彼方に消えてゆく。

涙は既に枯れて、やけに喉が渇いていた。

V

父とマデレーネが結婚してから半年が経った。

十一月のサンクス・ギビングを何とかやり過ごし、街が温かなネオン・ライトに包まれる十二月――。ホリデーは誰とどこで過ごすのか、クリスマス旅行はどこにするのかと、しきりにSNSやポッドキャスト、地元テレビ局のトーク・ショーで熱心なファンや司会者から尋ねられる。

「ま、素敵なひとがいればね」

軽妙洒脱に悠々と質問をかわす。そんな代わり映えのない日常がレクシーを、どうにか正気でいさせてくれた。

所属するモデル事務所の担当エージェントや、アシスタントたちにクリスマスの挨拶や贈り物をし、名ばかりの友人や知人、増える一方の親戚連中に毎年恒例のプレゼントをネットカタログで手配して、LAには残らず、ヴァカンスにも行かず、侘しく枯れた冬の海を見下ろすサン・シミオンの別邸へと、久し振りにひとりで帰った。

相変わらず、広すぎる邸宅。

馬蹄階段を上り、部屋の灯りを灯すと、シュージとかいう名の青年があの日、砂浜に置いていった本（というには、もうボロボロの紙の束だ）が、大理石のキッチン・テーブルに無造作に置かれているのを見つけた。

読もう、とは思わなかった。ただ、捨てるには惜しいと感じていた。

人を愛する自由は何ものにも決して侵すことのできない、最後の良心なんだ!!

何故か、その言葉だけが妙に頭にこびりついている。

文豪・スタインベックの受け売りなのか？

だとして、それが何だというんだ。レクシーは本を読むことはせず、膝を抱え、暖炉の前でカリフォルニア・ワインをグラスに注いだ。もみの木もない、プレゼントも届かない。ひとりきりのクリスマス。携帯電話に視線を流し、ＳＮＳをタップする。インスタグラムのフォロワー数は有名ブランド主宰のイベントと、年末恒例の音楽番組やドラマ・アワードに招待されたからか、ついに十五万人にまで到達していた。

レクシーはカーメルの街で、完成したマデレーネの絵を保管しておいて欲しい、と絵描きに告げていた。

支払いは勿論、済ませてある。何なら管理費も毎月払う、だから絵は秘密でギャラリーの奥にでも置いていて欲しい――絵描きは管理費なんて要らない、と言いながら、描き終えた渾身の一作を「事情があるなら仕方ない。だけど、こんなに綺麗な笑顔なんだから。――彼女、絶対、後悔するな」と苦笑した。レクシーはそのユーモアに幾分、救われた。

暖炉で薪が爆ぜる。レクシーはスウェットに着替え、ホットワインを飲みながら、床に胡坐を掻いて、SNSに「#happyholidayeveryone」――皆、ホリデイおめでとう！とたったひとつハッシュタグを付けて黙々と文字を打った。

「皆が今、大切なひとと過ごせていることを願います。――突然だけど、真実を今夜、告白します。私、アレックス・ウルフは今年、酷い失恋をしました。大好きでした。生まれて初めて『恋愛』というものを知りました。ヨーロッパでの突然の告白以来、これまで、私は敢えて公言しなかったけれど（ウルフ家のビジネスの為。これって前時代的、マジで最悪だよね）、恋愛対象は女性なの。失恋した相手も女性です。彼女は、とびきりの美人で、頭が良くて……。魅力を上げればキリがない。だけど、残念ながら、この『愛』は実りませんでした、今回は。今でも彼女の幸せを一番に願っています。……まあ、という訳で、傷心のなか、レクシー・ウルフは寂しくクリスマス休暇を過ごしているんだけど、機会があればまた『恋』がしてみたいかな。だって、誰かを愛するって凄くプレシャスなことだから。――それに、世界には彼女よりホットでセクシー、知的なあなたみたいな女の子がたくさんいるって分かっているしね」

写真は再投稿《リポスト》として、シュージと出逢った日に撮影した、夏の陽に照らされた紺碧の海と白のコントラストが圧巻のビクスビー橋を添えた。

世の中は何も変わらないだろう。無情に愛を攫《さら》い、人々を混乱させ、ひたすら人生を生き切ることを義務とする。

巧妙な犯罪者は捕まらないし――そう、あの夏、全米を騒がせた「パラダイス殺人事件」は迷宮入りだ。そもそも何が「パラダイス」なのだろう――、自分は敬虔なクリスチャンではないが、神様って本当にセンスがない。

だが、世間はどうあれど、私自身は変われるかもしれない。

キッチンに置かれたスタインベックの「エデンの東」の表紙を眺めながら、臆病さ、貧弱さをキャンバスに描いたような東洋人・シュージが、いつか自分の存在を知れば面白いな、と思った。

全米の路上を先の文豪のように彷徨う、巡礼者の彼に、ホットワインで杯を上げる。

いつか彼も――。

自分の心から、罪も罰も全て消せるようにと、深い祈りと願いを込めて。

レクシーはその夜、温かい暖炉の前で微睡《まどろ》み、睡眠薬を飲まずに、久しぶりに深い深い眠りに落ちていった。


「……でしょう。――それでは、次の話題。Z世代のアイコンだった、アメリカ人モデルのレクシー・ウルフが殺害されてから、早くも半年が過ぎようとしています」

声が出なかった。

目覚めると、テレビが何故か点いていて、モーニング・ニュースが流れていた。

「ウルフ家の令嬢であり、十代での勇気あるカミングアウトに世界が熱狂したのは、皆様も記憶に新しい筈です。だからこそ、この事件は余りに悲惨で、許されざる立派な犯罪です。警察は今現在も犯人逮捕に向け、『パラダイス殺人事件』の捜査を懸命に行っている模様です。レクシー・ウルフの最期――殺害されたとされる、モンタレーの海辺には、彼女のファンが多く集まっています。現場のアリソン。リポートを」

画面のなかでは見覚えのあるビーチの岩に「RIP　A・W（アレックス・ウルフ、安らかに眠れ）」と書かれた木製のボードや横断幕、花束やチョコレート、グッチを模した手製のロゴマーク付きメッセージ、ファンレターや譜面、レクシーの写真等、たくさんのものたちが供えられていた。

殺人？　誰が？　私が⁇

意味が分からず呆然としていると、父が声明を発表する映像が飛び込んできた。

父は泣かないひとだった。老眼なのに、お気に入りのトム・フォードの眼鏡は封印して、一人娘が惨殺された苦しみ、耐え難い喪失感、犯人への煮えたぎる強い怒りを、涙を溢《こぼ》しながら痛切に訴えていた。

その隣、伏し目がちのマデレーネが映る。

次の瞬間、レクシーはすべてを悟った。


利用された。

私は富への入り口。セキュリティーなしの。

「ドライブしましょう」

彼女が父と結婚した、あの晩――。レクシーがひとりきりで、バーボンを煽っていた時。

抜け落ちていた記憶が鮮明に甦る。

「ねえ、海へ行きましょうよ」

「もう夜中だよ。それに、主役が消えたら皆が困るよ」

「ドラッグやアルコールなんかより、気分が良くなることがあるの」

「何それ」

「行けば分かるわ。大丈夫、運転は私がする。秘密のドライブよ、どう？　パラダイスに居るみたいに感じるはず」

そして、私は不意を突かれた。

秘密のドライブ。それは、最初から「殺してください」と言っているようなものだった、と奇妙な具合に冷静になる。

この国の特権階級に属する為、父と結婚する為に、自分は利用されただけ――。

そして、単純に命を奪われ、人生を失った。ただ、それだけだ。事実を突きつけられても怒りが湧かないのは、この静かな屋敷のなかにひとりでいることが、彼女の言う通り、楽園、パラダイスに居るみたいに感じるからだった。


抗不安薬や睡眠薬を一切服用せず、朝起きても疲れていない。

生きるだけで感じる飢えを抱え込んだり、焦燥感に思い悩み、眠れぬ夜を過ごし、マスコミやアンチたちというストレスを避ける。

自分を取り繕わずに、ありのまま、自然体でいられるなんて奇跡だ。

正常に心とからだが動いているのは、一体、いつぶりだろう……。

レクシーは先日、伯父に「面白いドキュメンタリー企画があるんだけど」と連絡していた。シュージ本人を収めた、隠し撮りの動画もある旨を話していたのに……。

もう一度、あの日の動画を見返すと、途端に血の気が引いた。


誰も映っていないのだ。


記憶のなかでは確かに青年と会話をした。

だが、画面に映る車の助手席には誰もいない。レクシーひとりが独り言をぶつぶつ呟き、涙を流し、呻いているだけのゾッとするような三十数分間だった。

ニュースでは、「おぞましく、許されざる犯罪行為」「ロス警察は、必ず犯人を捕まえる」「アレックス・ウルフ、どうか安らかに」と、アンカーが繰り返し発信している。レクシーは自分の「死」の事実より、シュージの正体に恐怖を感じていた。

待ってくれ。

じゃあ、あのドライブは何だったんだ？

私は何に出逢って、助手席に乗せたんだ？

愕然としながら、意識を正常に保つ努力をレクシーは懸命にする。

しかし、ここ半年、ずっと胸に刺さっていたのは、あの青年、必死になって叫んだ愛についての文言だ。

演技なのか、本気なのか、誰かの受け売りなのか、まぼろしの怪物なのか——。

そんなことはどうでもよかった。

ただ、彼の言葉が放つ熱から魂が解き放たれない。

ニュース映像を、リモコンで消す。

静寂のなか、淡々と着替えを済ませた。

ずっと心の奥に閉じ込めてきた感情。

恋。

愛。

この家では、禁忌に属するそれら。

「相手が母親だろうが何だろうが、好きなら押し倒して、無理やりにでも一発ヤりゃ良かったんだよ!!」

あの日、放った自分の本音が頭にこだまする。愛するマデレーネは今やレクシーの母親である。気味の悪い偶然にゾッとした。背筋が凍《こお》る。

「人を愛する自由は何ものにも決して侵すことのできない、最後の良心なんだ!!」

「生まれてからずっと違和感ばかり感じて、僕は永遠に、ひとりぼっちさ」

例えまぼろしであろうと、シュージの声が、言葉が、心に焼き付いて離れない。

彼がレクシー・ウルフに薦めた作家・スタインベック本人なら、「愛」なんて野蛮極まりない感情を前に「自由」をどう定義するのだろうか——。

真冬の静謐な光を浴びて、キッチンのナイフが鋭く光った。

レクシーのなかで、眠り続けていた「欲望」という名の因子がじわじわと、けれど確実に蠢き始めていた。エデンの東は映画のあらすじぐらいしか知らない。しかし、モチーフとなったものは有名だ。

人類史上最初の殺人加害者と被害者、カインとアベル。

シュージと同じだ。
レクシーが成ってしまったのは、どうやらアベルのほうらしい。
穏やかなPCH。ナイフの白い光が、虚無な人生に答えをくれる。
心ごと平和になりたかった。
当たり前の親の「愛」が欲しかった。
皆と同じような、慎ましい、普通の暮らしがしたかった。心から安心できる場所を、生まれた時から探し求めていた。

だから今――。ようやく凪《な》いだ心で、決意を固めることが出来る。レクシー・ウルフは愛する人々を、同時に彼女の人生すべてに影響を与える物事にここで終止符を打つことにした。

愛していた、心から。

醜い天国という名の現実を。

愛している、家族は勿論、初めて「恋」の温もりを教えてくれた彼女を今でも――。

それは相手も同じだと、背中にナイフを突き立てられた時、伝わる彼女のからだの震えや平静を必死に装う双眸から、充分過ぎるほど互いに確信していたじゃないか。

きっと、私たちは愛し合っていた。

だから、ここでサヨナラなのだ。

レクシーはマデレーネに精一杯、「生きる」ということの歓びを自分以上に感じて欲しかった。

誰よりも大切だから。

自分の殺人をありふれた悲劇なんかにしたくはない。


ここは美しい地獄、即ちパラダイス。

私の望み、安らぎがある。シュージは同じ地獄への入り口に佇むゲストか何かだろう、とレクシーは落ち着いて考えを巡らせた。自分でも落ち着きすぎているのは理解していた。だから、彼にも安寧が訪れることを祈らずには居られない。

自分と彼は似すぎていたから。

父親の書斎へと、レクシーはリンゴを齧りながら向かう。

突然、ダザイが読んでみたくなったのだ。

スマートフォンは無論、圏外だ。

「生まれ変わっても、愛してる」

それは懸命に「生」と「愛」に向き合った自分自身に向けた、誰にも届かない言葉だった。

私は私を愛しているし、マデレーネを、そして、父を、間違いなく愛している。

レクシーの足音が響く。

書斎には東洋文学の棚があり、「人間失格」の奥付で、見覚えがある青年の面影を彼女は知った。それは紛れもないシュージ本人だ——本名・津島修治。筆名・太宰治。

……成程、と肩を竦めた。女太宰。だから、私たちは似ているわけだ。

シュージ曰く、おばけが出てくるという破滅の集大成である彼の作品に、彼女は触れることにした。時間なら幾らでもあるのだから――。

瞼を閉じる。指は変わらず歪んだままだが、今は愛おしいとすら感じる。私が生きた証。心地いい波音に紛れて「where is the true love ……」と誰かが囁いた気がした。

だからレクシーは声に出して、

「Everywhere.《エヴリウェア》――どこにだって、愛はあるよ」

と呟いた。

雄大な碧い海が昨日と何ひとつ変わりなく輝いている。

自分がかつて屋敷で演奏したヴィヴァルディの「冬」が、誰かの激しい想いに応えるよう、絶え間なく流れ続けていた。

成沢 京華

なるさわ きょうか

1985年1月25日生まれ。大阪市出身。聖母女学院中等部卒、高校からパリ留学。オックスフォード大学ハートフォードカレッジ、ニューヨーク・メリーマウントカレッジ留学、神戸親和女子大学国際文化学科卒業。10代の頃から自身のセクシャリティーを意識するようになり、言葉や書籍に何度も心を救われ、それをきっかけに読書や創作活動にのめり込む。他人と違うことでいじめや疎外感を受け苦しむが、自分の命を最期まで生ききるため、生き辛いことに悩み苦しむ人々へ発信できれば……と、文学に向き合う覚悟を決める。

作家・三浦しをん氏を見出だした村上達朗元・編集者が主宰する第5回ボイルドエッグズ新人賞にて最終候補作『Dのトライバル』選出。村上氏より推薦され、小説家になるための貴重なアドバイスを得る。その後、同郷のミステリー作家・有栖川有栖創作塾にてミステリーの真髄を学ぶ。

三島由紀夫、太宰治、江戸川乱歩、山崎豊子、サガン、カミュ、ウルフ、フィッツジェラルド、ハイスミスなど多くの作家から強く影響を受け、また映画や音楽、ファッションからも創作のインスピレーションを受けとっている。

趣味は舞台観劇、宝塚、オペラ、ダンス。自他とも認めるファッションマニア。今ハマっているのは海外ドラマ「ゴシップガール・リブート」、「Lの世界 ジェネレーションQ(The L Word Generation Q)」。一番好きな映画は「ゴッドファーザー」。

英語、フランス語、日本語のトリリンガル。

Twitter

https://twitter.com/cameria25

Instagram

https://www.instagram.com/elise25_elizabeth/

装丁・本文デザイン／野口佳大
本文制作／a.iil《伊藤彩香》
イラスト／佐藤右志
校正協力／伊能朋子
編　集／阿部由紀子・坂本京子

Pacific Coast Highway

初版1刷発行　2023年2月22日

著　　者　成沢 京華
発 行 者　小田 実紀
発 行 所　株式会社Clover出版
〒101-0051
東京都千代田区
神田神保町3丁目27番地8
三輪ビル5階
電話　03(6910)0605
FAX　03(6910)0606
https://cloverpub.jp
印 刷 所　日経印刷株式会社

ISBN978-4-86734-124-7　C0093